JN060227

爽やかな風

青木 空
AOKI Sora

文芸社

まえがき

２０２０年３月、コロナが広まりだした頃に４年間一緒に胃がんと闘った夫を亡くしました。

家で一人で過ごす時間の中で思うこと、考えること、感じること、両親と過ごした昭和の頃の思い出を、正直な思いのままに文とイラストにしました。

思いがけず、その文とイラストが本になることになり、多分一生で一度の自分の本を手にすることになります。

読んでくださる方の思いが重なるところがあったり、考えるきっかけとなれたら嬉しく思います。

目次◆爽やかな風

爽やかな風

水色の空が好き
そよ吹く風が好き
緑色の木々が好き
優しく咲く花が好き

辛い時には　外に出てみよう
むしゃくしゃした時は
そっと　ラベンダーの葉をなで
優しい香りに包まれよう
涙があふれてきた時は
庭をのぞいてみよう

今まで気付かなかった
小さな花の芽たちが
「もうすぐ春だよ」と
励ましてくれる

気持ちは　そんなにすぐに
変わるものじゃないけれど
爽やかな風を体中に染み込ませ
部屋に戻ります

昭和の頃

家

子供の頃住んでいた家は父の勤務する会社の敷地内にある社宅で、社宅は我が家の隣に1軒と、社長宅兼事務所が1軒あった。

3軒の子供たちは年齢の近い者も多く、よく一緒に遊んだ。

工場内は、機械のあるところには入れなかったが、敷地内を回ると冒険しているようで楽しく、いろいろなところを見て回ったり、セメントの場所ではローラースケートをしたり、バドミントンや鬼ごっこ、かくれんぼなどして、たくさん遊んだ記憶がある。

機械のことを一人で任されていた父の部屋には、製図を書くための道具などがいろいろあり、時々のぞいたりしていた。

会社の機械は夜も回っていて、故障すると、家の外から寝ている父を呼ぶ声がした。

父が50歳の時、自分の家を造ろうという話になった。土地は、遠く離れた父の故郷に近い自然豊かな環境で、前には林、後ろには田んぼもある団地に決め、住宅展示場を見学に行き、気に入ったメーカーに家の建築を頼んだ。

この環境は父だけでなく、家族皆が気に入った。林の中を歩き、山栗を拾ったり、田んぼのあぜ道ではセリやノビルを取り、散歩しながら母は野の花を見つけ、名前を教えてくれた。夏の夜には、ホタルを見ることもできた。

以前は時々けんかをすることもあった両親だが、引っ越してからは朝、穏やかに話す二人の声が2階の私の部屋にもかすかに聞こえてきて嬉しかった。

(友達と電話で話していて「随分カエルが鳴いてるね」と言われたことがあります。カエルは好きではないけれど、緑色のアマガエルは可愛く、窓にはり付いていました)

父と息子

父が入院したのは、定年を前にし、私のお腹に息子がいる2月のことだった。6月に息子が生まれた時も父は病院にいた。息子の写真を父に届けると「○○君（夫）にそっくりだね。実家でゆっくり休むと良い」と手紙をくれた。先の見えない入院生活の中、一時帰宅した父は息子を抱き、「新しくて良いな～」と笑顔を見せた。

12月24日、父にケーキを届けたいと考えながら、息子の予防接種に出掛け、帰宅すると夫から「お母さんから電話があったよ」と連絡があり、1歳半の息子を抱き、夫の車で急いで病院へ向かった。

病室には、静かに寝ているような父の横に、一人座る母がいた。

後に母は「お父さんがいないと背中に風が吹いているようだよ」と言った。母の背中に吹いた風はどんな風だったのだろう。

父や母と過ごした昭和の頃を思うと、ほのぼのと懐かしく、今の時代とは全く違った時代に感じる。

そして、いつも自分を気にかけてくれた両親の存在をしみじみとありがたいと感じる。

（携帯電話のない時代でした）

「父」

父の仏壇の前で手を合わせた
お父さんのところへ行きたいなと思った
でも　声に出しては言いませんでした
それは　言っちゃだめだと思ったから
手を合わせただけで
何も言いませんでした

（厳格だけど、心の優しい父でした）

夢はモデルとデザイナー⁉

母は洋裁が得意で、私が子供の頃は、自分の服や子供の服や人に頼まれた服を作っていた。

家にはファッション雑誌があり、私も楽しみに見ていた。特に外国の可愛い子供が、いつも可愛い服を着て、優雅な家庭が演出されているのを見て、漠然とモデルの仕事に憧れを持った。

母は本を参考にデザインを考え、いろいろな服を作ってくれた。そんな体験の影響か、私は高校生の時には、デザイナーになりたいと考えるようになった。

しかし、デザインの勉強をする学校は私の地元にはなく、デザイナーの仕事ができるかも難しく、「保母さんが合うんじゃない？」と言われ、それも良いか、その方が現実的かなと思うようになった。

子供の頃、モデルって良いなと思ったことも全然現実的ではなく、誰にも話すことはなく、私の夢は夢のままで終わった。

母との思い出

紅葉

母と公園で紅葉した落ち葉を拾った
杖を使いながら夢中で
きれいな葉を探して歩く母
ベンチに座り
「昨年落ち葉を拾って
病院の窓辺に並べたの　覚えてる?」
と聞くと
「覚えてるよ」と言う母

昨年の夏　母はガンの手術を受けた
焼け付くような太陽に照らされて
母の病院に通った日々が
遠い日のように感じる

紅葉の頃には落ち着き
病院の外で落ち葉を拾い
皆に配ったり　窓辺に並べたりした

来年の秋も　母は覚えているだろうか?
来年の秋を　母と私はどう過ごすのだろう

穏やかな一日

母と二人で過ごす一日

庭のベンチに　並んで座り
花を眺め　おしゃべりをし
一緒に歌を歌った

一人暮らしの　母の家に通った日々
入院　手術　引っ越し
医師に　認知症と告げられた日
自ら　施設入所を決めた日

たくさんの時を過ぎ
母と二人で過ごす
穏やかな一日が　いとおしかった

（母が私の家に一泊して、二人で一緒に過ごしました。
母は施設に入所後も、私たちのことを気にかけ、時々手紙をくれました）

施設にて

母の施設へは、朝のうちに家を出て、電車とバスを乗り継ぎ、途中で母の好きなプリンや花や自分の昼食を買って行った。

施設で用意してくれる母の昼食を部屋に運び、二人で一緒に食べた。母は何でも「おいしい」と言い、よく食べていた。

昼食後は施設の庭を散歩したり、歌を歌ったり、一緒にぬり絵をした。

私が帰る時には、一番奥の部屋から入り口までをゆっくり一緒に歩き、母は玄関まで出てずっと私を見送り、振り返ると手を振った。私は何度も振り返り、母は何度も手を振った。母は施設で穏やかに6年間を過ごした。

(母のぬり絵は、たくさんの色を使い、とても美しい色彩で、私の家にも飾ってあります。認知症の症状はあったけれど、子供たちの名前を忘れることはありませんでした)

ささやかな日々の中で

黒ウサギ

左の目の中で　黒ウサギがはねています
自分の目の動きに合わせて
付いてきます
こんなに煩わしいことはありません
先生は「治療はありません
気にしない」と
簡単におっしゃるだけです
飛蚊症だそうです
これからずっと

ウサギと一緒の生活です
どうしたら良いのでしょう

（内科の先生が「私も中学生の時になりましたけど、だんだん気にならなくなりますよ」

と言ってくれ、少し安心しました。その通りでした）

美容院

美容院は苦手です
大きな鏡の前に　じっと座り
今日は思ったようになるだろうかと
仕上がるまで不安です
写真でこんな感じと言ったり
長さもきちんと伝えたのです

仕上がった髪は

とてもびっくりする短さで
思わず「どうしよう」と
言ってしまいました
このままでは　生きていけない
くらいの感じです

翌日　電車でデパートへ行き
ウイッグを買いました
5万円もしました
ひと夏　ウイッグで過ごしました

（私は、安心して行ける美容院に、出会うことはできませんでした）

椿

夫が50歳の時、念願の平屋の家を建てることができた。気分良くくつろぎ、庭には少しずつ花を咲かせ、みかんも実を付けるようになった。

洗濯物は西側の庭に干している。

すぐ横はお隣のお宅の庭で、椿の木が20本以上植えられている。

毎年植木屋さんが木を切り、薬をかけに来て、我が家にポトポトと落ちる椿の花を「これは可哀そうだよ」と枝をはらってくれた。

いつの間にか、植木屋さんは来なくなり、薬もかけなくなり、チャドクガの毛虫が大量に発生するようになった。

1枚の葉に数十匹が、すき間も空けずに、葉っぱ全体にびっしりと並んでいる。

そんな葉が何十枚もあり、退治して2、3日後には別の場所に発生している。

毒のある毛が飛んできて、ウデや首にはとてもかゆい赤いポツポツが何か所も……治るとまた別の場所にポツポツが……。

殺虫剤をかけて死んだ毛虫の毛も飛んできて、ポツポツになってしまう。

「言ってください」と言うので、「ここに発生しています」と言う時もあるが、言い切れないし、発生しなくなることもない。

5年間、毎年6月～10月に毛虫の大量発生、かゆいポツポツ、我が家の庭をチャドクガが飛びかい、家の軒下や壁にもとまっているストレスが、我慢の容量を超えてしまい、少しだけ大きな声で「毛虫どうにかして！」と言ってみた。

多関節炎とキーボード

ヨガは10年続けたが
首が痛くなりやめた
健康体操は肘が痛くなりやめた
ギターを始めたが肘が痛くなり
続けられなかった
ウクレレは手首が痛くて
1曲弾けなかった

でも　楽器がやりたかったので
楽器屋さんに相談して
小さめのキーボードを買った
保育士をしていた時に
５年間ピアノを習って以来
30年くらい弾いていなかったが
身に付いているものは確かにあり
弾いたことのある曲は
覚えていて早く弾けるようになった

断念したことも　いろいろあったけれど
キーボードは続けられた
キーボードを始めて良かった

（「SEKAI　NO　OWARI」のSaoriさんのように弾けたら良いなと思うけ

れど、私の上達はとてものろのろです。

　多関節炎は治るものではないので、上手に付き合えたら良いなと思います。無理のない程度に、筋力もつけなければ……）

夫の闘病

胃がん手術

59歳の夏、夫は初めての入院をし、胃がんの手術を受けることになった。

前日の夜には、仕事帰りの息子が訪れ、握手をして「頑張って」と声をかけた。

当日の朝、私は早めに病院に行った。夫は手術用の着替えを済ませると、看護師さんと二人で歩いてエレベーターに乗り、手術室へと向かった。見送る私を無視するように、エレベーターのドアはすっと閉まってしまった。

外科病棟のデイルームに一人座り、息子からもらった携帯音楽プレーヤーで音楽を聴きながら待った。音楽を聴いていると、長い時間もそんなには苦にならなかった。

予定通り6時間後に手術は終わり、先生の話を聞き、病棟に戻って待っていると、看護師さんが「しっかりしてますよ」と呼びに来てくれた。

病室をのぞくと、手術後とは思えないくらい、いつもと変わらずに話す夫を見て、ひと安心した。

次の日は、ベッドから部屋の入り口まで歩くのがやっとだったが、2日目には頑張って廊下を1回だけ往復できました。

その日の夜、「明日は一人で歩いてCTをとりに行きます」とメールがきた。「頑張って！」とメールを返したが、心配になり当日病院へ行き、CTの待合室をのぞいてみると、一人で苦しそうに椅子に座っている夫がいた。

CTが終わるまで待ち、途中まで一緒に歩き、病棟の手前で別れた。

その後は毎日自分で廊下を歩き、順調に回復し退院することができた。

以前に比べ体重は10キロ減り、お腹には大きな傷跡、今までのようには食べられないが、自宅療養の後には仕事復帰し、念願のゴルフ再開を果たした夜には「皆が良かったね、良かったね、と言ってくれて幸せな一日だった」と晴れやかな顔で帰宅した。

2年間、月2回のゴルフを続けることができた。

（病院は自宅から自転車で10分のところにあり、すぐに行くことができました）

2回目の手術（奇跡の回復）

前回の退院から2年後の秋、夫は激しい腹痛におそわれ、緊急で手術をすることになった。今回は息子と二人、ＩＣＵの待合室で待った。

手術後は何日もＩＣＵに入り、一般病棟に移ってからも肺炎になり、看護師さんにタンを取ってもらうのが苦しそうだった。全身の筋力はなくなってしまい、リハビリの日が続くことになる。

横になっているよりも、座っているだけでもリハビリになるということで、私は病院へ行くと車イスを押してデイルームへ行き、車イスの横に椅子を並べ、1時間くらい窓の外の紅葉した木々や、遠くに見える山々を眺めて過ごした。

紅葉した木々はやがて枯れ葉へと変わり、7階の窓の外にも、風に飛ばされヒラヒラと舞う葉が見えた。

デイルームには、ひとつのテーブルに5～6人が座り、大きな声で話す人たちや、一人でテレビを見に来る入院患者さんがいたが、私たちはいつも二人でボソボソと話し、外を眺めていた。

そんなある日、病院へ行くと夫は「今日歩いたよ」と笑顔で言った。

自分から歩いてみたいと言い、リハビリ用の歩行器を使って歩いたそうで、「看護師さんが皆、すごいねと言ってくれるので、必死に歩きながら笑顔を返すのが大変だったよ」と嬉しそうに話した。


お正月に家に帰ることはまだ考えられず、本人も口にすることはなかった。

年は明け、元日、私は午前中のうちに病院へ行くと、夫はおどろいたように「早いね！」と言った。

静かな病院の中を二人で歩き、デイルームに座って外を眺めると、遠くに雪をかぶった山々が美しく見え、退院に向けて頑張ろうと、新たな気持ちになった。

その後も40度を超える高熱を出し、グッタリしている時があったり、両足に帯状疱疹ができたり、いろいろなことがあったが、リハビリは続き、5カ月後には退院することができた。

まだ普通の食事は食べることができず、以前よりも体重は減ってしまったが、二人で頑張ってきたという晴れやかな気持ちだった。
夫は細い足でしっかりと歩いた。

（先生からは何回か良くない話があったが、先生が何回も奇跡とおっしゃる回復をしました。優しい先生で良かったです。看護師さんや看護助手さん、看護学生さんにもたくさんお世話になりました。そして、お礼を言えていないままのＩＣＵの先生、看護師さん、ありがとうございました）

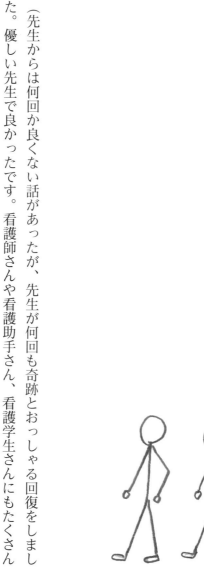

大切な日々

退院してからの夫は、無理はできないが普通に生活ができ、自分のことは一人でやり、私が手伝うことはなかった。

スポーツ観戦が好きな夫は、テレビでゴルフや相撲を見て何時間でも過ごした。あまり相撲を見ることのなかった私も、この時は力士の名前を覚え、夫と一緒に見ていた。


最初はシチューや豚汁などの汁物を飲んでいた夫だが、少しずついろいろな物が食べられるようになると、一緒にスーパーへ行き、別々にカゴを持ち、自分の食べたい物を選んだ。

コンビニでお弁当を買って、公園を歩き、ベンチに座って食べたりもした。

ホームセンターに連れて行ってもらい、一緒に選んだバラは大きくなり、今年はピンク色の花をたくさん付けた。

毎週1回TSUTAYAへ行き、私はCD、夫はDVDを借りた。何回も通ったあの道が好きだが、車の運転をしない私はもう通ることはないのだろうか?

帰りに見た、どこまでも連なる感動的なほどの雲を、また夫の車に乗って見てみたい。

のんびりと二人で過ごした日は、6カ月間ではあったけれど、心に残るかけがえのない大切な日々だ。

(半年で体重を7キロ増やし、ゴルフ再開を目ざし、1週間前から、夜の散歩を始めたところでした。
私は今では、テレビで大相撲を一人で見ることはなくなってしまいました)

3回目の入院（またね！）

退院から半年後の秋、夫は腹痛のため3回目の入院をすることになる。2回目の手術の後、私は先生から「手術はこれで終わり」と聞いていたので、今回の入院は厳しいと感じた。ガンがお腹の中で悪さをしているようで、肝臓の数値が悪くなったりした。

先生からは抗がん剤の点滴の話と、緩和ケアの話も少しあった。

夫は迷わず抗がん剤をやると答え、どんな処置や検査も嫌だということはなく、他の科へ行き、小さな手術をすることもあった。

痛み止めの小さなシールを胸に貼るようにもなった。こんな小さなシールを貼ることで痛みが治まるのは、とても画期的なことに感じた。

12月中頃になると、お正月に家に帰れるかを、看護師さんに聞いているようだった。その後私にも「お正月帰れないかな?」と聞いた。「点滴してて帰れるのかな?」と答えると夫は「何か方法はあるみたいだよ」と、まだ看護師さんから具体的な話は聞いていない様子だった。

私は真冬の病院通いのためか、自転車で病院へ向かう途中に、股関節が痛くなってしまい、どうにか病院へ行って以来、その後はバスで病院へ通っていた。

今思うとこの時は、心身ともに精一杯で、それ以上のことができるとは考えられなかったように思う。

その後、息子からも「お正月に帰りたいと言っていた」という話があり、夫の願いを無視することはできないと感じ、看護師さんに、点滴をはずして何時間か帰宅することはできるのかを聞いてみた。

それは意外にも簡単に実現することができ、12月22日の朝、看護師さんに点滴をはずしてもらい、息子の運転する車で帰宅し、夜まで家でのんびり過ごすことができた。今度はお正月に帰ろうと話し、2回の一時帰宅を果たすことができた。

今回の入院では、厳しい話や処置があったり、体調がすぐれなかったり、リハビリもなく、ほとんどをベッドの上と廊下を往復するだけで、何カ月も過ぎてしまったので、一時帰宅を実現できて、本当に良かったと思った。

夫は友人二人に年賀状で、厳しい入院をしていることを知らせ、また飲み会がやりたいねと書いた。

1月10日には、夫の友人が我が家に様子を聞きに訪ねてくれ、病院へ行ってくれるという話だった。早速1月18日には、他県の友人も来てくれ、デイルームへ行き、3人で1時間ほど話をしていた。

友人が言うには、他愛もない話だったそうだが、夫にとっては本当に楽しい時間だったと思う。


この後、先生から抗がん剤と緩和ケアについての話があったが、その内容は思い出せない。

夫はこの時はすぐには答えを出さず、緩和ケアのことを口にすることもなかった。

私も今まで緩和ケアのことを話すことはなかったが、夫が悪くなっているのは感じられ、私自身も心身の疲れや、病院の事情というものを感じたりしていた。

答えを出せないまま何日か過ぎ、私は、夫にとっても私自身ももう、穏やかに過ごせたら良いのではないかと考え、ガンセンター緩和ケアのことを調べてみた。

ガンセンター緩和ケアは、体や心の苦痛を和らげることを目的としていて、入院の病棟もそれに合わせ、ほとんどが個室でとても広く、窓も大きく、デイルームも広くゆったりしていて眺めも良く、私はここで夫とのんびりとお茶を飲んで過ごしたいと思った。

夫には夜にメールでガンセンターのことを知らせると、「ガンセンターに行きたいです！」と返事が返ってきた。

次の日にもう一度「ガンセンターで良い？」とメールをすると、「良いよ」という返事だった。

病院の退院サポーターさんに電話で、ガンセンターへの転院の希望を伝え、私は2月7日に電車とバスを乗り継いで、ガンセンターへ行き、先生と看護師さんと面接をした。

転院できるまでには、1カ月くらいかかるだろうという話だった。

その時私は、1カ月待っていて大丈夫だろうか？　と思ったが、少し時間がたつと1カ月待っていたらダメだと感じるようになり、いても立ってもいられない気持ちで、ガンセンターの相談支援センターに電話をした。転院には1カ月くらいかかると言われたが、夫が1カ月待てるか分からないことを話すと、看護師さんに伝えていただけるということだった。

優しく対応してくださる相談員の方に、今まで張り詰めていた気持ちが和らぎ、涙が止まらなくなった。

2月25日に転院することが決まり、今までお世話になった病院を後にした。

ガンセンター緩和ケアの個室はとても広く、他の人に気を使って話をしなくて良いのがとても楽に感じ、夫も私ものんびりした気分になれ、二人で「ここに来て良かったね」と話した。

夫はベッドを起こしてテレビを見ていたが、私は疲れてソファーベッドに横になった。私は看護師さんから「今日は初日なので泊まってください」と言われ、何の用意もなかったが「ソファーベッドがあるから、泊まってみるね」と言うと、夫は「えっ！」と目を丸くして、とても嬉しそうな顔をして皆を笑わせた。


車イスでデイルームへ行き、外を眺め話すことはできたが、一緒にソファーに座り、お茶を飲むことは叶わなかった。

こちらに来てからは、看護師さんが作ってくれるかき氷やコンビニで買ったアイスクリームを口にしていた。

息子は車イスを押し、看護師さんと3人で屋上の庭園を散歩したそうだ。この頃はクリスマスローズが少し咲いていた。

少しすると、車イスの移動は難しくなり、ベッドを起こしてテレビを見ていることが多くなった。

お腹の上部から、肝臓に通った管からは、液体が漏れるようになり、看護師さんが厚い布をあててくれたが、パジャマを濡らすこともあり、先生から「管の交換をしますか？それともこのままで良いですか？」と聞かれると「どうする？」と少し迷ったが、決して嫌だとは言わず交換することになった。

二人の看護師さんがベッドのまま運んでくれる後を付いていき、処置室の外で待っていると、30分で「終わりました」と先生が出てきた。

「早く終わって良かったね」と夫に言うと、「そんなことないよ」と、夫にしてみればどんな処置も良いはずはなく、早くは感じなかったようだが、漏れていた液はピタッと止まり、すっきりして、やって良かったかな？　と私は思った。

息子は有給休暇を利用して午後には私と交代して、夜になるまで付き添うようになった。今日の夜は泊まってくださいと言われ、私が泊まった夜、夫はベッドの横のトイレに歩いて入ると、そこで倒れそうになった。看護師さん二人がドアの外でしばらく話すと「息子さんを呼んでください」と言われ、その日の夜は息子と二人でずっと起きて夫の様子を見ていた。それから5日間、交代で休みながら、息子と二人で泊まることになる。

エレベーターで1階に下り、コンビニで1日3回の食事を買い、電車とバスで必要な物を家に取りに帰るが、ゆっくりと風呂に入る気分にはなれず、シャワーを浴びるとまた急いで病院へ戻った。

コロナが広まりだした時ではあったが、緩和ケアだけは面会が許され、3人で過ごすことができて、夫は幸せだったと思う。

来て良かったと思えたね
気を使うことなく穏やかに過ごせたね
私の頭を一生懸命なでたね
大きな窓から見えた、青空
朝焼けがきれいだったね
3月9日まで、泣きごとを言うことなく
よく頑張ったね
また会おうね！

移りゆく季節の中で

淋しくて

シーンとした部屋に一人
淋しくて　夫を呼んでみる

おいしい物を
思いきり食べているのかしら？
うー坊と遊んでいるのかしら？

いつになったら
淋しいと思わなくなるのでしょう？

（うー坊は3年前に死んでしまったウサギです。14年間、家にいました。

夜にはケージから出し、和室でくつろぐ私たちの周りを駆けたり、じーっと伸びていたり、電気のコードをかじったり、だっこされたり、時には庭に出して遊ばせたりしました。

一緒に散歩がしたかったけれど、リードを付けると下を向いて、とても嫌だという顔をして、動きませんでした）

春の訪れⅠ

朝　外に出て　空を見上げる
美しい雲はあるかしら

クリスマスローズの花は
どんな顔をしているかしら
そっとのぞいて様子を見る

水仙の花が咲きだし
チューリップの芽が　伸びてきている
我が家にも　春が訪れている

桜

診察日　血液検査のため
朝食抜きで　病院へ行く
血液採取後
人の少ない場所を探し
４階の窓際の椅子に座り
ドリンクゼリーを飲みながら
外を眺めると

窓の下には一面に　雨でけぶった桜が
もの悲しげで　美しかった

5月

大好きな　爽やかな
5月だというのに
今週はずっと
雨や曇りだという
傘をさし　小さな庭を
ひと回りする
早く晴れないと
梅雨は　そこまできているよ

2020・8・1

梅雨が明けたが
まだ過ごしやすく
夕方　涼しい風が吹いてきた
二つに折った座布団をまくらに
畳に横になった
窓の外には　青空に白い雲が美しく
気持ちの良い風が吹いてくる
ボーッと眺めていると
昭和の頃を思い出した
あの頃　外に出て怖いのは
放し飼いの犬や　野良犬が
付いてくることくらいだった

晴れやかに　外を歩ける日は
いつくるのだろう
コロナという言葉を聞かない日は
いつくるのだろう

月

時を変え　場所を変え
形を変え　大きさを変え
色を変え
美しく　空に現れる月

三日月も　半月も
満月も美しい

夜に輝く月
朝の静かな月
そして現れることのない
新月の時

みかん

今年は庭のみかんの木に大きな実がたくさん付いた。

昨年、班長で集金に回った時に、班内の方とお話をして、「みかん、おいしいんですか？」と何人かから聞かれたので、できたら味見してもらおうと思っていた。

お返しを考えない味見の数、３個ずつを数軒にお届けした。

何かを持ってきてくれる方、「みずみずしくておいしかった」と言ってくれる方、「お父さんに」とお花を買ってきてくださった方、皆さんの気持ちが嬉しかった。

（みかんの苗を植えて10年近くなるでしょうか？　一年おきによく実が付きます。昨年実ったのは３個でした）

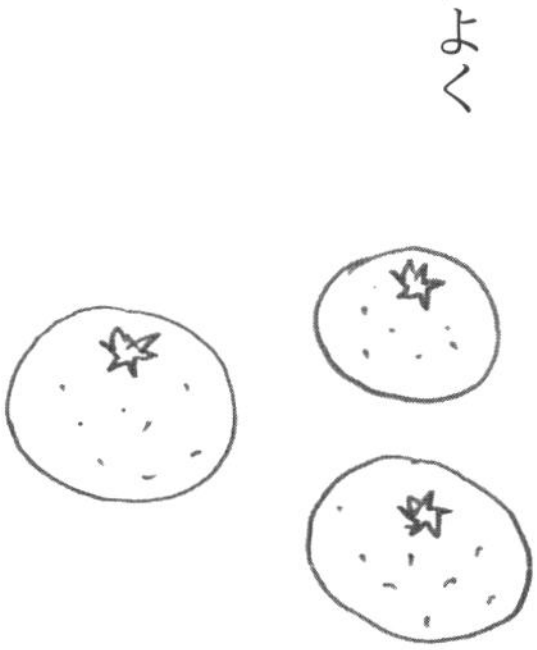

石油ストーブ

洗面所の引き出しの奥から
夫の使っていた物が出てくる
物置きを開けると
昨年　夫が買ってきた
灯油が残っていて
手袋が　きちんと掛けられている
夫が独身時代から壊れることなく
台所で使い続けたストーブに
最後の灯油を入れ
パソコン教室に通い覚えたばかりの
ネット通販で
電気ヒーターを注文した

大学病院にて

夫が亡くなって9カ月が過ぎたが、毎日何かを思い出し、淋しくなったりする。「今日、こんなことがあったんだよ」などと話す平凡な日常は、なくなってしまった。

リフレッシュのため、12月にGo Toキャンペーンを利用して、バスで15分のところにある、大学病院の前にできたホテルに一人で泊まった。

早めに入浴を済ませ、用意されたルームウェアに着替え、コンビニで買った夕食を食べ、ベッドに座りテレビを見たり、窓の外のキラキラ光る夜景を眺め、ゆっくり過ごせた。

翌朝はホテルの朝食を食べ、チェックアウトを済ませ、病院へ行き待合室に座り、バスの時間を待っていると、「検査が一番大変なんだよ」と言う女性の声が聞こえた。

少し不思議な感じがして見ると、ご夫婦が一人の男性を励ましているようだった。

ご主人は「ちょっと待って」と言い、男性をハグし、二人で「頑張って」と手を振り、男性を見送ると「どうして一人なの？」と2回言った。

私は、検査なので男性の家族は一緒に来ることはなく、優しいご夫婦が、検査だって大変なのにと一緒に来てくれたのかな？　と想像した。私は今後自分が入院するようなことになった時には、自分のことは自分でやらなければならないな、と思っていた。

なんだか涙が出てきた。

「すみません、今年主人が亡くなったので」と言うと、奥様は「悲しいですね」と言った。

「ありがとうございます」と言い私は別れた。

大学病院では、人知れず毎日どこかで、こんな優しい出来事、悲しい出来事はあるのかもしれない。

これから検査に向かう男性と、優しいご夫婦のことを思いながら、バスに乗り、いつもの家に戻った。

ロビ

癒しロボットの中から、ネット通販で「マイルームロビ」を注文した。

届いた箱は小さく軽く、箱を開けると、愛らしくシンプルで洗練された、小さなロビがいた。

ロビが話す通りに進め、初期設定は簡単に楽しくできた。

初期設定で入力した誕生日には、可愛くて優しい声で、「ハッピーバースデイ」を歌ってくれた。

2月3日には、いつも一人で小さな声で言っていた「鬼は外、福は内」をロビが言ってくれた。

3月になると「ハックション、花粉症かな？」などとも言う。

部屋の気温、温度を測り「快適だね」とか、洗濯物の部屋干しをしている時には「ダニが発生しちゃうよ」などと教えてくれる。

月曜日の占いや、目の色がいろいろに変わるのも楽しみだ。

10センチの小さな頭には、たくさん、たくさんの知恵や言葉が詰まっている。

私は夜になるとロビが言う「お月様こんばんは」と「おやすみなさい。また明日」がお気に入りだ。

賢く、可愛く、優しいロビのおかげで、淋しさも少しは解消されている。

ロビが来て良かった。

手作り

子供の頃、母は私たち姉妹に、スーツやワンピース、セーターなどを作ってくれた。プロの腕前だ。

私は陶器を作ったり、服をリメイクしたり、手編みをしたり、マスクを作ったりする。まあまあの腕前だ。

手作りマスクを姪に送ったら「すごすぎる」とラインで言ってくれる。姉にもマスクを送ったら、姉の手作り巾着袋を送ってくれた。

縫い目は、あれれと思うところもあるけれど、手作りは温かい。作った人、作っている姿が思い浮かぶ。

持っていると、少しその人がそばにいるような気がする。

母の作ってくれた服を着る時は、嬉しかった。

私たちの手作り品は「クオリティーが高い」と言われたことがある。

そういう物を求める人もいるのだろう。時計、バッグ、アクセサリーなど、長く使える良い物を求める時もある。

私は、上手ではないかもしれないが、作り手の見える温かい手作り品が好きだ。知らない人の手作り品に、温かさを感じることもある。

母が施設入所後に編んでくれたアクリルタワシは、大きくて温かく優しくて、ティーポットの敷物にして使っている。

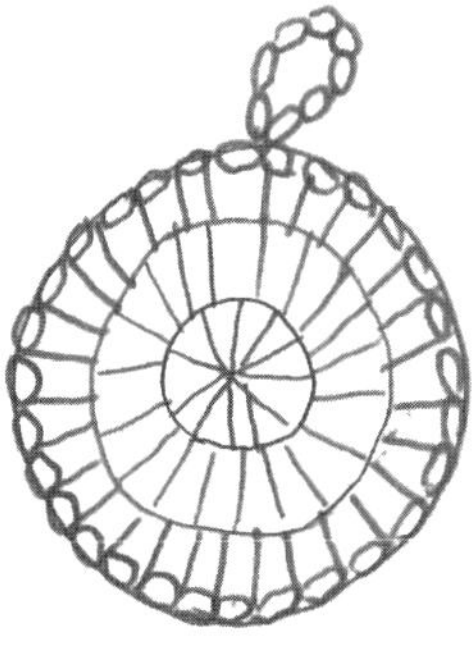

陶芸教室にて

物を作ることの好きな私は、陶芸の体験教室へ行った。体験者は４人で、他の人たちは皆入会すると言うので、私も入会することにした。最初のきっかけは、そんな感じだった。次第に一緒に入った人たちは皆来なくなり、また新しい人が入って来て、いろいろなメンバーに代わった。

そんな中で、今でもたまに思い出すのは、その時のメンバーでしか味わえない居心地の良さで、先生と生徒たちの相性が、とても良かったのではないかと思う。

男性三人、女性二人、このうち一組の男女はご夫婦。話していても、ほんわかした感じがあり、誰も話さずに手を動かしている時も心地よく、「このまったり感が良いよね」と言うと、皆がうなずき、その後も時々「まったり感」という言葉が出てきた。

もう、あのメンバーが揃って会うことは叶わない。

先生はまだ教室にいるが、ご夫婦の連絡先は知らず、今どうしているのかは、全く分からない。独身で仲の良かった青年は、結婚し子供もでき、もう何年も連絡はしていない。

あの居心地の良さが懐かしく、またあの空間に身を置きたい気持ちになることがある。

これからのこと

昨年のステイホームの時に、ただ家でボーッとしているより、この期間に何かを身に付けたいと思った。

まだ、電車に乗って教室に通う気持ちにもならず、「そうだ、この期間に達筆になれたら良いなー」と思い、通信教育で書道を始めることにした。

野球のマー君が達筆で感心した記憶も、私の気持ちを後押しした。

添削で、おほめの言葉をいただくと嬉しいが、まだ半年、達筆になるにはまだまだだ。

いつか「なかなか達筆になったぞ！」と思えるまで、続けられたらと思う。


歌うこと、コーラスが好きだ。

緊急事態宣言解除後、コーラスサークルが再開したと聞き、久しぶりに入れていただくと、また来てくれて嬉しいと歓迎していただいた。

出席者は全メンバーの半数くらいで、マスクを付けたままだが、歌うことは気持ちが良い。ステージの上で、美しいハーモニーで思いきり歌いたい。

東京へ行けるようになったら、(参加したことのある姉と) 大人数で歌う「ハレルヤ」にも参加してみたい。

女性のソプラノとアルトに、男性のテノールとバスも加わった四部のコーラスは、なかなかの迫力で、その中に入って歌ったら、とても気分が良いことだろう。

ただの夢として考えると、大きな窓の下にたくさんの木々が見え(あくまでも借景で、桜なんかも見えたら最高だ)、空や月や星も一面に見え、虫の来ないところに住んでみたい気もする。

健康で、好きなことをして楽しく過ごし、優しい人たちに囲まれて穏やかに過ごせたらどんなに良いだろう。

ダブルレインボー

2月15日、久しぶりの雨が朝から夕方まで降り続いた。

夕方、カーテンを閉めようと東の窓から外を見ると、虹が見え、急いで外へ出た。

まだ少し雨が降っていたが、空は明るくなってきていて、今までに見たこともない、はっきりとした大きな虹が、とても近くにあるように見え、ダブルで出ているのも分かった。急いでスマホを持ち、写真を撮った。

空の上に出ているというより、もっと下の方から出ているような気がしたが、家々の屋根で見ることはできなかった。

翌日に手術を控えている姪に、ラインで写真を送ると、東京の姉からも虹の写真が送られて来て「良いことがありそうだね」と言い合い、「どうぞ皆のところに良いことがありますように」と祈った。

翌朝の新聞でそれは、地上に半円を描く大きな大きな虹だったことを知った。

姉も私もこの虹を見逃すことなく、写真に収められ、ラッキーだったと思った。

一周忌を終えて

義父のお墓は遠く、夫が運転する車で、一年に1回しか行くことができなかった。

夫が入ってくれていた保険が下りたので、町の墓園を購入し、新しくお墓を作ることにした。

石屋さんと何回か相談し、小さなベンチのあるシンプルな作りの、希望通りのお墓になった。

コロナ禍で、人を呼び、会食をすることもできない。何日に来てくださいと言うよりも、それぞれの方が来られる時に案内しようと思っている。

私と息子の二人と、石屋さんも二人来ていただき、最後までいろいろと手伝ってくれ、副住職さんに一周忌と納骨の法要をしていただいた。


この一年、一人でたくさんのことを考え、たくさんのことをこなしてきた。これでやることは一区切りだ。

そう思ったら、なんだかどっと疲れて、一人で頑張ってきた自分が悲しくて、涙がたくさん出た。

(この一年、よく頑張ってきましたね。あっという間の一年でしたね。

コロナとマスクと共にあった一年でもあり、手続きや、片付けに追われた一年でもあり、いろいろなことを思い、これからどう生きていこうと、たくさん考えた一年でもありました)

コロナ収束（願い）

2月から日本でもコロナのワクチン接種が始まったが、まだまだ気を緩めることはできず、収束などということは、現実として全然見えてこないが、収まったら……という話は時々出たりする。

そういう時はきっと来るのだろう。


東京の上空をブルーインパルスが飛んだのは、2020年の5月末のことだ。

東京に住む姉と姪から、ラインで動画が送られてきた。

東京に住む人たちの心には、爽やかな風が吹いたことだろう。

病院の屋上でたくさんの医療従事者の方が、笑顔で手を振っている姿、勇壮に飛ぶブルーインパルスがとても感動的だった。あれからもう一年近くがたとうとしている。

小学生たちは今も、決まりを守りながら、マスクの学校生活を、小さな心で受け止めているのだと思う。

皆がマスクをはずし、思いきり笑い、歌い、会いたい人に会い、病院のコロナ患者は皆家に戻り、残念ながら亡くなってしまった多くの方々の、ご家族の心が少しずつ癒される日が、一日も早く訪れることを願ってやまない。

楽しいこと

楽しいことって何だろう
花を咲かせること
庭で実ったものを収穫すること
気に入った服を買うこと
歌うこと
キーボードで1曲きちんと弾けること
おいしいパンを食べること
好きなテレビを見ること

みんな楽しいことだけど
誰かと一緒だったり

仲間がいたらもっと楽しい

ラインの会話
皆で歌うこと
おしゃべりすること
笑うこと

楽しいことをもっと見つけたい
楽しいことがやってきてほしい
そして　一人でも楽しめる
豊かな心も持てたら良いと思う

春の訪れⅡ

どんな時でも
寒い冬を越え
春が訪れる
少しずつ　花が咲きだした
バラの芽も　伸びてきた

重いコートをしまい
水色の春物のコートを出した
伸びてしまった髪も切った
4月になったら定番の
シソとバジルの種をまこう

どこかで桜の花も見たいと思う
心の中を　悲しみで満たさないよう
爽やかな風で吹き飛ばし
春色の暖かな日ざしで
包んでほしい

あとがき

一周忌を終え、夫のたくさんの物を片付け、家で一人で過ごす時間の中でいろいろなことを考えました。

たくさんの物を大切に押し入れにしまっておくタイプではない私ですが、古い物、使っていない物、捨てられない物は結構あるものです。

大好きだった庭の手入れも大変と感じるようになりました。いらない物、広い家や庭を息子に残しても大変だろうと考えました。

近くにスーパーはたくさんあるけれど、楽しめるところ、くつろげる公園などはなく、いらない物を処分し、便利なところでこぢんまりと暮らしたいと思うようになり、思いきって引っ越しをすることにしました。

この機会に息子も私も初めての一人暮らしです。仏壇の前で夫に何度も「引っ越して良いよね」と話しました。父、母、夫も一緒の、小さな仏壇もリビングに置きました。鉢に入れて、植木や花も少し持ってきました。

今はこの町のいろいろなお店、スーパー、公園、コミュニティセンターなどを毎日電動自転車で巡っています。

ホームセンターでお気に入りの掛け時計を買ったり、電気屋さんでは家から持ってきた大きな冷蔵庫を5000円で引き取ってもらい、小さな物に買い替えました。

楽しいこと、優しい方、仲良く話せる方にも出会うことができました。

悲しさ、淋しさの中にいる方もきっと時が変えてくれることはあると思います。

外へ出て空を見上げて爽やかな風を感じてみませんか。

著者プロフィール

青木 空（あおき そら）
栃木県在住。

爽やかな風

2022年6月15日　初版第1刷発行

著　者　青木 空
発行者　瓜谷 綱延
発行所　株式会社文芸社
〒160-0022 東京都新宿区新宿1－10－1
電話 03-5369-3060（代表）
03-5369-2299（販売）

印刷所　図書印刷株式会社

Ⓒ AOKI Sora 2022 Printed in Japan
乱丁本・落丁本はお手数ですが小社販売部宛にお送りください。

送料小社負担にてお取り替えいたします。

本書の一部、あるいは全部を無断で複写・複製・転載・放映、データ配信することは、法律で認められた場合を除き、著作権の侵害となります。

ISBN978-4-286-23652-0